AF264059

EAUX-FORTES

POUR ILLUSTRER

Madame Bovary

DESSINÉES ET GRAVÉES

PAR

BOILVIN

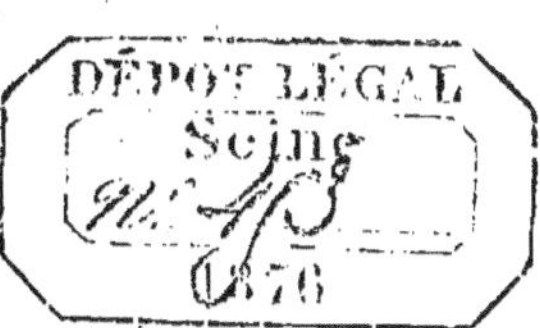

PARIS

ALPHONSE LEMERRE, ÉDITEUR

27-31, PASSAGE CHOISEUL, 27-31

—

M DCCC LXXVI

CERTIFIÉ CONFORME au TIRAGE
Paris le 20 juillet 1876

F. Boivin del sc
Imp A. Salmon

E. Boïlvin del. & sc.

Imp. A. Salmon.

E. Boilvin del. & sc.

Imp. A. Salmon.

E. Boilvin del. & sc.

Imp. A. Salmon.

E CAUX - FORTES

16 Eaux-fortes de BRACQUEMOND, pour illustrer les *Œuvres de Rabelais*... 20 »

7 Eaux-fortes d'après les dessins de PRUD'HON, gravées par BOILVIN, pour illustrer *Daphnis & Chloé*............... 10 »

35 Eaux-fortes d'après BOUCHER, gravées par BOILVIN, COURTRY, RAJON, GAUCHEREL, MILIUS, MASSARD, GREUX, MONGIN, LERAT, MARTINEZ, pour illustrer les *OEuvres de Molière*, petit in-12.................................... 30 »

    —   —   format in-8............. 40 »

72 Eaux-fortes d'après OUDRY, pour illustrer les *Fables de La Fontaine*, format in-8............................... 60 »

40 Eaux-fortes d'après FRAGONARD, LANCRET, etc., pour illustrer les *Contes de La Fontaine*, format in-8........ 40 »

7 Eaux-fortes d'après COCHIN, pour illustrer les *OEuvres de Boileau*, gravées par MONZIÈS, petit in-12............. 10 »

7 Eaux-fortes dessinées et gravées par BOILVIN, pour illustrer *Madame Bovary*................................. 12 »

PORT RCAITS
GRAVÉS A L'EAU-FORTE DE :

Ch. Asselineau, Barbey d'Aurevilly, Th. de Banville
Baudelaire (*5 portraits*), Beaumarchais, du Bellay, Boileau
Brizeux, André Chénier, Coppée, Delvau, Dorat, A. Dumas
Théophile Gautier, Glatigny, Edmond de Goncourt
Jules de Goncourt, Gozlan, Victor Hugo (*6 portraits*)
Jodelle, Jean le Houx, La Bruyère, La Fontaine
Leconte de Lisle, André Lemoyne, Molière (*2 portraits*),
Alfred de Musset (*2 portraits*), Pontus de Tyard, Rabelais
Sainte-Beuve, Shakespeare, Soulary, Sully-Prudhomme.

Paris. — J. CLAYE, imprimeur, 7, rue Saint-Benoît. — [913]